KB145164

작지만 확실한 행복의 순간들

하루가 끝나면,
따뜻하게 안아주세요

작지만 확실한 행복의 순간들

하루가 끝나면,
따뜻하게 안아주세요

시대
인

일상생활에서 소소하게 느낄 수 있는 따뜻함을 그림으로 담아 보고 싶었어요.

곁에 있는 사람과 함께하는 시간이 많아질수록 점점 익숙해지는 것도 많아지죠.
그래서 당연하게 느껴질 수 있는 것들을 당연하게 생각하고 싶지 않아서,
순간순간들을 그림으로 그려 보았답니다.

사랑에 세월이 묻으면 반드시 흐려지는 건 아니에요.
그만큼 색이 한 겹 한 겹 쌓여서, 더 진해지는 느낌이 들어요.
함께 나누는 대화, 평범한 일상 속의 행복, 오고 가는 잔잔한 마음들.

나중에 '이런 모습으로 시간이 흐르면 좋겠다' 하는 것들과
제가 원하는 장래희망의 모습에 따뜻함을 한 스푼 더 넣어 보았어요.

- 봄사무소

/ Contents /

1장

소소한 일상을
함께 해요

2장
옆에 있어 줘서
고마워요

3장

이렇게
나이 들어가요

1장 소소한 일상을 함께 해요

네 생각

떨어져 있으면,
커피 향기에도 네가 생각 나.

SCONE

CROISSANT

CIABATTA

...

빵은 항상 옳아요

"여보, 오늘 저녁도 빵이야? (점심에도 먹었잖아)"

"그럼요, 내일도 하루 종일 빵이에요."

BAGEL

BREAD

BAGUETTE

케이크 먹는 날

당신과 함께라면
매일매일이 기념일.

Delicious Day

장보기

"여보, 안 무거워요? 표정이 너무 어두워요."

"응. 난 괜찮아. 전혀. 아임 파인."

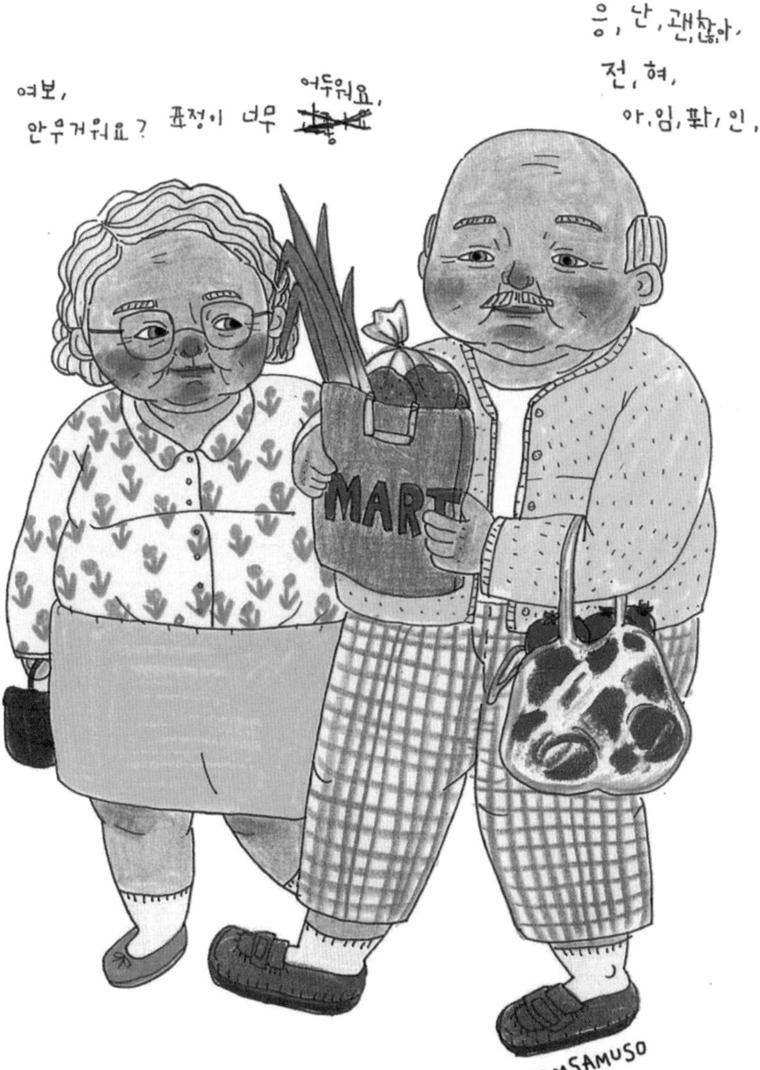

여보,
안무거워요? 표정이 너무 어두워요,
응, 난, 괜찮아,
전, 혀,
아, 임, 퐈, 인,
MART
BOMSAMUSO

...

제일 좋아

너랑 같이 먹는 아이스크림이 제일 맛있어.

이거 먹고 집에 가서 또 먹자?

데이트

"오랜만에
데이트라
멋 좀 내봤어요.
어때요, 여봉?"

"흠흠… 아직 준비가 덜 된 것 같은데, 여보?"

너를 위해서

너만 편하다면,
내 두 다리쯤이야. 뭐.

그런데 발가락에 피가 안 통하는 것 같은 느낌은
내 기분 탓이겠지?

저녁엔 맥주!

"여보, 왜 안 마시고 보고만 있어요?"

"맥주는 살찌잖아."

"괜찮아요, 맥주는 살 안 쪄요.
살은 여보가 찌지."

...

내 도넛은?

"여보, 다 먹지 말고 내 도넛도 남겨 놔요."

"이제 방금 막 한입 먹었어요, 여보."

배 사용법

폭신폭신,
베개가 필요 없어요.

...

심심해

설거지 나중에 해.
나랑 놀아.

6月9日,
봄

아이스크림

"자기야, 이제 바꿔서 먹어 보자."

"잠깐만~ 나 한입만 더 먹고!"

...

눈빛

나란히 앉아
서로 눈빛을 나누며
커피를 마셔요.

그게 바로 행복이지요.

...

아직 가야 할 곳이 있어

"밥도 배부르게 먹었고, 얼른 집에 가자."

"여보, 이쪽으로 가야지."

"응? 집은 이쪽인데?"

"우리 아직 빵집에 안 들렀잖아."

그건 바로

길을 몰라서 물어보는 게 아니에요.
사실, 길보다 더 궁금한 게 있어요.

···

모두 내 거

네 거는 내 거,
내 거도 내 거.

다 내 거야.

붕어빵

노릇노릇
호호 불어서

나는 머리부터,
너는 꼬리부터.

...

마음빵

버터 한 스푼,
밀가루 한 컵,
내 마음 듬뿍 세 컵.

당신을 위해 마음을 담아,
매일매일 빵을 구워줄게.

...

껍딱지

"이거 뜨거워, 조심해야 해."

"나는야 너의 껍딱지, 한시도 떨어질 수 없어!"

달콤한 기분

귀여운 니트를 입으면, 기분이 좋아져요.
아! 물론 쿠키 때문은 아니에요.

귀여운 니트를 입으면 기분이 좋아져요.
아! 물론 쿠키때문은 아니에요.

이것이 바로 '언뜻'?!

운명을 믿나요?

처음 본 순간 알았어요.
이것이 바로 '운명'일까요?

우리는 세트!

크리스마스를 준비하는 자세.
귀여운 커플 니트 입기.

혼자
∨
아니에요. 옷이 줄어든거에요. 신경쓰지 말고

맛있는 모닝 커피 마셔요 — 여보가 좋아하는

원두로 내렸어요.

작년에 입었던 옷인데,
옷이 안맞아요, 살이 많이 쪘나봐요 —

옷장 정리

"작년에 입었던 옷인데, 옷이 안 맞아요.
살이 많이 쪘나 봐요."

"아니에요. 옷이 혼자 줄어든 거예요.
신경 쓰지 말고 맛있는 모닝커피 마셔요.
여보가 좋아하는 원두로 내렸어요."

...

기다렸던 날

오늘은 우리 데이트하는 날.
기다리고 기다렸던 날.

미용실

"여보, 같이 와줘서 고마워요."

"뭘요, 나도 오랜만에 빠마가 하고 싶었어요."

···

쿠키 맛집

당신이 만든 쿠키가 아니면,
이제 다른 건 못 먹겠어요.

···

수영복

"여보, 수영복이 좀 작은 것 같지 않아요?"

"수영복은 늘어나니까 원래 좀 작게 입는 거예요."

토닥토닥

이렇게 하루 종일
쓰담쓰담,
토닥토닥,
안아줄게요.

행복의 순간

밥을 먹고 소파에 나란히 누워,
밤늦게까지 TV 보다가
이렇게 같이
잠드는 저녁.

2장 옆에 있어 줘서 고마워요

사알짝

까치발을 살짝,
볼을 살짝.
전해지는 온기.

9月22日. 봄

나무 같은 사람을 만나요

한결같은 사람,
늘 그 자리에 있을 것 같은 사람.

3月26日 , 봄

휘~청~

덜덜덜덜

절퍽,

갈팡,

튼튼

튼튼한 사람

뿌리는 약하고,
잎만 풍성해서
흔들리는 사람들과 너는 달라.

너는 기둥이 튼튼해서
참 든든하고, 좋은 사람.

다행이야

정말,

당신을 만나서 다행이에요.

빙그레

네가 좋으면,
나도 좋아.

콩깍지

다른 건 안 보여.
네가 세상에서 제일 예뻐.

내가 너의 숲이 되어줄게

BoM

•••

언제나

내가 너의 숲이 되어 줄게.

...

YOU ARE MY SUNSHINE

당신은 내 세상 속,

하나밖에 없는

커다란 해님.

당신과 있으면

얼굴만 마주 보아도 즐거워요.
당신과 있으면 그래요.

쪼옥

동글동글 너의 코,
말랑말랑 너의 볼,
이리 와 봐, 뽀뽀하자.

OKINAWA

여름 바다의 추억

발에 닿는 모래의 뜨거운 열기와
손에 쥔 맥주의 시원한 냉기,
그리고 내 옆엔 너.
이보다 더 완벽한 휴가가 있을까!

...

행복

더 많이도 필요하지 않아요.
지금, 이대로가 좋아요.

제가 요새 함복 해요.

8月 17日, BOM

나는 행복한 짐꾼

당신의 짐은 모두 나에게 주고 기대요.
늘 든든하게 옆에 서 있을게요.

방향

서로 다른 방향을 바라보는 마음보다는
남들과 조금 달라도,
같은 곳을 보는 마음이 더 좋아요.

밤하늘

너와 함께했던 시간들,
너와 함께했던 수많은 대화들.

별만큼 무수한 우리 추억들.

대화

대화가 잘 통하는 사람과 만나는 건,
생각보다 어려운 일이에요.
그런 사람이 옆에 있다면 놓치지 마세요.

BOM

우주

우리 둘만의 우주로
같이 걸어가자.

...

넌 소중해

가까울수록,
더 소중하게 대해주세요.

나에게 넌

넌 나에게 따뜻한 햇볕이자, 시원한 물.

나를 더욱 자라게 해.

...

하나로 충분해

니트는 두 개나 살 필요가 없어요.

하나면 돼요.

목이 조금 졸리는 것 빼고는 참 좋아요.

• • •

너만의 털 코트

언제 어디서든,
내가 늘 따뜻하게 해줄게.

Real warm Coat

나는 코끼리

너의 말을 늘 귀담아듣고 싶어.
그래서 내 귀가 이렇게나 큰가 봐.

작은 숲

마음의 안정을 주는
넌 나의 작은 숲이야.

제일 궁금한 당신

나는 당신이 제일 궁금해요.
봐도 봐도 또 보고 싶어요.

마음을 말해주세요. 말하지 않으면, 아무도 알수없어요,

···

숨겨둔 말

마음을 말해주세요.
말하지 않으면, 아무도 알 수 없어요.

당신과 같이 있다보면, 시간 가는줄 모르겠어요.

시간이 2배속

당신과 같이 있다 보면, 시간 가는 줄 모르겠어요.
얼굴이 살짝 따끔한 건 기분 탓이겠죠?

●●●

오로지

다른 건 안 봐도 괜찮아요.
다른 걸 보고 싶지도 않아요.
당신만 앞에 있다면.

사계절

당신과 함께 보내는 계절들은,
그냥 시간만 흐르는 것 같지 않아요.
계절 하나하나 듬뿍 맛보는 느낌이에요.

둘만의 여행

목적지가 어디든 상관없어요.
누구랑 가는지가 더 중요하거든요.
당신과 함께라면 어디든 갈 수 있어요.
이번엔 우리, 어디로 가볼까요?

같이

같이 맛있는 것 먹고,
같이 좋은 것 보고,
뭐든지 같이,

그렇게 행복하게 살고 싶어.

3장 이렇게
나이 들어가요

• • •

장래희망

그림 속 모습들이,
미래의 우리 모습이길 바라요.

···

귀여워

한 손에 쏘옥,
보고 또 봐도 귀여워.
계속 만지고 싶어.

...

HAPPY BIRTHDAY

당신의 생일을
매년 옆에서 챙겨줄 수 있으면 좋겠어.

노란 튤립에 담긴 마음

'당신이랑 데이트하는데,
빈손으로 올 순 없지.'

같은 곳에서

지금도,
나중에도,
우리 같이.

뽀뽀

쪽,

맨날 해도 안 질려요.

•••

안아주세요

하루가 끝나면,
따뜻하게 안아주세요.

그거면 충분해요.

버터 앤 브레드

빵에는 버터가,
버터에는 빵이,

할아버지에게는 할머니가,
할머니에게는 할아버지가,

서로서로 필요해요.

말없이

두 손을 꼭 잡고,
두 눈을 마주 보아요.

• • •

하나는 적지

"그러게, 아까 두 개 시키자고 했죠?"

"이렇게 나눠 먹는 게 더 좋지."

...

메리 크리스마스

혼자서는 할 수 없는 일을
당신과 함께라면,
뭐든 다 할 수 있어요.

...

그거면 돼요

기댈 수 있는,
어깨만 있으면 돼요.

...

무릎 의자

"전 평생 의자가 필요 없어요. 당신만 있으면 돼요."

"여보, 그래도 하나 사는 건 어때?"

•••

늘, 당신

전 겨울에 난로가 필요하지 않아요.
아무리 추운 겨울이 와도,
눈이 펑펑 쏟아지는 날에도,
당신만 꼬옥 안고 있으면 돼요.

겨울에 난로 대신 당신.

DANCE

탱고, 왈츠, 차차차, 무엇이든지!
당신과 함께면 늘 즐거워요.

...

벚꽃보다 당신

"어머나, 벚꽃 좀 보세요."

"나는 당신밖에 안 보이는 걸요."

애보가 준,
꽃 한송이.

...

꽃 한 송이

여보가 준 꽃 한 송이.

덕분에 하루 종일 마음이 행복으로 가득 차요.

확실한 행복

당신 옆에서 늘 보듬어 주고,
당신과 함께 나누는 사소한 이야기들이
나에겐 가장 큰 행복이에요.

2月
2日
PM
1 :
30

BONSAMUSO

하루 끝에

내가 하루 중 가장 좋아하는 시간,
당신과 하루 마무리하며 산책하기.
앞으로도 오래오래.

당신과 한시도 떨어질수없어요.

붙어있을 수 없다면. 당신을 품안에 껴넣고 다닐거에요.

BOMSAMUSO

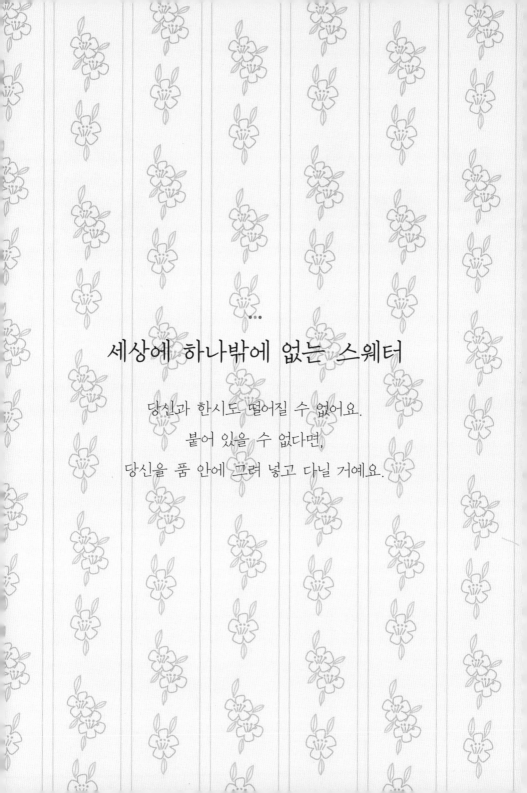

세상에 하나밖에 없는 스웨터

당신과 한시도 떨어질 수 없어요.
붙어 있을 수 없다면,
당신을 품 안에 끌어 넣고 다닐 거예요.

그냥 가만히

가만히 앉아만 있어도 좋아요.
당신과 함께라면요.

...

팔베개

할아버지 팔에 쥐 나기 3초 전...

good day

...

GOOD DAY

당신과 함께 하는 모든 날들이
저에겐 항상 좋은 날이에요.

...

내년에도

"여보, 올 한 해도 함께 해줘서 고마워요."

"나도 고마워요."

작지만 확실한 행복의 순간들

하루가 끝나면, 따뜻하게 안아주세요

개정1판4쇄발행	2024년 09월 10일
초 판 발 행	2018년 03월 05일
발 행 인	박영일
책 임 편 집	이해욱
저 자	봄사무소(박새봄)
편 집 진 행	황규빈
표 지 디 자 인	박수영
편 집 디 자 인	김지현
발 행 처	시대인
공 급 처	(주)시대고시기획
출 판 등 록	제 10-1521호
주 소	서울시 마포구 큰우물로 75 [도화동 538 성지 B/D] 6F
전 화	1600-3600
홈 페 이 지	www.sdedu.co.kr

I S B N	979-11-383-3525-6(03810)
정 가	14,000원

시대인은 종합교육그룹 (주)시대고시기획 · 시대교육의 단행본 브랜드입니다.